Rainbow
にじ

まど・みちお 詩／美智子 選・訳

安野光雅 絵

文藝春秋

装丁・絵　安野光雅

デザイン　大久保明子

もくじ

にじ

にじ
にじ
にじ

ママ
あの　ちょうど　したに
すわって
あかちゃんに
おっぱい　あげて

Rainbow

Rainbow
Rainbow
Rainbow

Mummy,
Do sit right under it
And there
Nurse the baby!

ことり

ことりは
そらで　うまれたか
うれしそうに　とぶよ
なつかしそうに　とぶよ
ことりが
そらの　なかを

ことりは
くもの　おとうとか
うれしそうに　いくよ
なつかしそうに　いくよ
ことりが
くもの　そばへ

Little Birds

Little birds
Were they born in the sky?
They fly so happily
They fly so longingly
Little Birds
In the sky

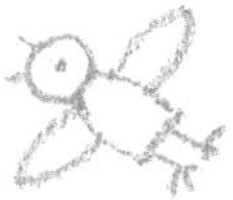

Little birds
Are they the little brothers of the clouds?
They go so happily
They go so longingly
Little birds
To the clouds

さくらの はなびら

えだを　はなれて
ひとひら

さくらの　はなびらが
じめんに　たどりついた

いま　おわったのだ
そして　はじまったのだ

ひとつの　ことが
さくらに　とって

いや　ちきゅうに　とって
うちゅうに　とって

あたりまえすぎる
ひとつの　ことが

かけがえのない
ひとつの　ことが

A Cherry Petal

A cherry petal
Left the branch

Drifted a while
And reached the ground

An end
And a beginning

Of a simple history—
For the petal

Nay, for the earth
For the universe

A simple story—
So ordinary

Yet
So irreplaceable

あめ

あめが　ふる
あめが　ふる
あめが　ふる
そらが　おおきな　かお　あらう

あめが　やんだ
あめが　やんだ
あめが　やんだ
そらが　きれいな　かお　だした

Rain

It's raining
Raining
Raining
The sky washes its enormous face

The rain's gone
Gone
Gone
The sky shows its clean face

はっぱと　りんかく

みずみずしい
はっぱのりんかくのなかで　はっぱが

すがすがしい
くうきのりんかくのなかで　はっぱが

ういういしい
うちゅうのりんかくのなかで　はっぱが

こうごうしい
じかんのりんかくのなかで　はっぱが

そして　いじらしい
はっぱのりんかくの　そとから
「はっぱ」という　にんげんのことばが

A Leaf in Its Frame

Fresh—
A leaf framed in its own contour

Crisp—
A leaf framed by space

Young and innocent—
A leaf framed by the universe

Awe-inspiring
A leaf framed in time

And, ah!
So touching—
The human voice calling
"Leaf " from outside the contour of a leaf

うたを うたうとき

うたを　うたう　とき
わたしは　からだを　ぬぎます

からだを　ぬいで
こころ　ひとつに　なります

こころ　ひとつに　なって
かるがる　とんでいくのです

うたが　いきたい　ところへ
うたよりも　はやく

そして
あとから　たどりつく　うたを
やさしく　むかえてあげるのです

When I Sing a Song

When I sing a song
My body falls away

My body falling away
I am a soul alone

The soul alone
I am light and now can fly

Arriving quicker than my song
To where the song would go

And, there
Tenderly await
The song arriving after me

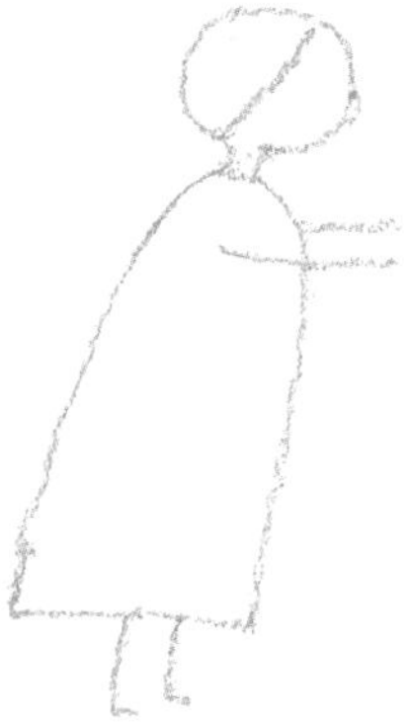

エノコログサ

エノコログサ
エノコロ　コロコログサ

みせてもらおうにも　かそかすぎて
めを　つぶらなければ…

エノコログサ
エノコロ　コロコログサ

さわらせてもらおうにも　かそかすぎて
かぜの手に　おねがいしなければ…

Foxtail

Foxtail, foxtail
I like to watch you close

But you, looking so wispy
I'll keep my eyes closed

Foxtail, foxtail
I wish I could touch you

But you, looking so wispy
I'll ask the wind to touch you with its hand

橋

川は空を見あげて　流れています
空はひろいなあ　と思って流れています
川は空を流れたくて　流れています

橋を渡《わた》るときに　わたしたちの体が
なんとなく
すきとおってくるような気がするのは
きっと　わたしたちが
川の憧《あこが》れの中を　通るからでしょうね

そして　川の憧れの中には
昔の人たちの憧れも
まじっているからでしょうね

川のあちらがわへ　渡りたいなあ
どうしても　渡りたいなあ　と考えて
とうとう橋をかけてしまった
昔の人たちの憧れも

Bridge

The river flows facing the sky
It flows, thinking how vast the sky
It flows, dreaming of crossing the sky

As we cross a river
We often feel
We've become somewhat transparent
Perhaps because we pass, then
Through that longing of the river

Then, again, perhaps
Mingled with the dream of the river
Is the dream of our early ancestors

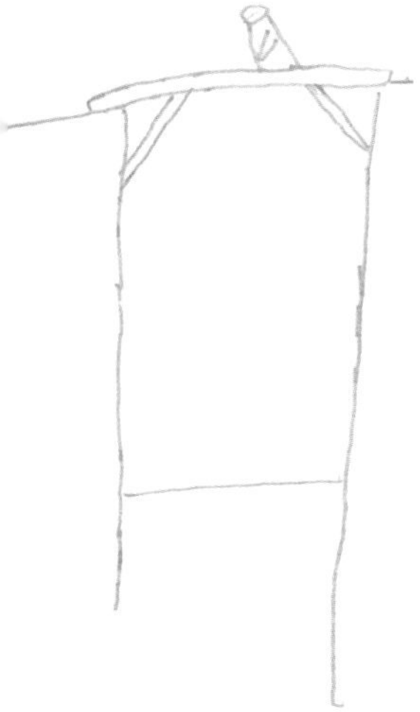

Who at last built a bridge over the river
Dreaming, aspiring
To cross the river to the other side

リンゴ

リンゴを　ひとつ
ここに　おくと

リンゴの
この　大きさは
この　リンゴだけで
いっぱいだ

リンゴが　ひとつ
ここに　ある
ほかには
なんにも　ない

ああ　ここで
あることと
ないことが
まぶしいように
ぴったりだ

An Apple

Here on this spot
I place an apple

See, the size
Of the apple
Is just the size
The apple occupies

That means here
There is nothing
But just the apple
I've placed here

Ah
On this spot
What is there
And what is not there
Exactly, dazzlingly, fit together

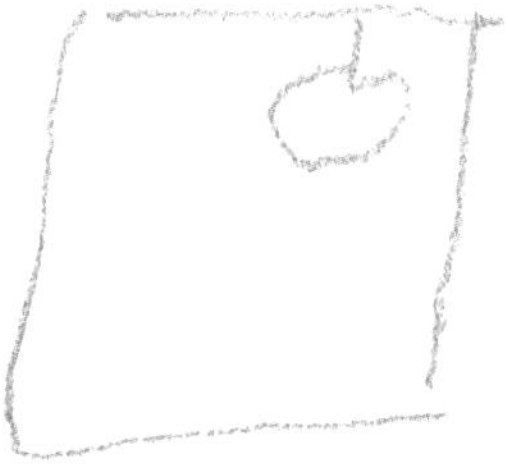

き

きが　一ぽん　たっていたら
みんなが　やってきたよ

みんなも　にこにこ
きも　にこにこ
そらの　においで　たってたよ

ねは　みせなかったよ

Tree

As there was a tree
People gathered there

All looked happy
The tree looked happy, too, as it stood
Wrapped in the fragrance of the sky

Amazing!
It never showed its roots
Did it?

ぼくの花

朝から　かいている
花の　絵が
ようやっと　できあがった

こころの　おくに　わいてくる
かすかな　しみずが
この指さきへと　集まってきて
見えないほどの
しずくに　なって
ふくらんで　ふくらんで
とうとう　おっこちて
ぽっかりと　さいたのか

まっかな　花
ぼくも　はじめて見る　ぼくの花
世界に　ひとつきりの　花

ぼくは　ふと　聞いた　気がした
この　花に　とんでくる　ために
いま　どこかに　生まれた
あたらしいチョウチョの　はねの音を……

My Flower

At last I made it
And here's the picture of a flower
I've been painting all through the morning

It was somewhat like a small spring
That welled up deep down in my heart
Gradually extending to my fingertips
Forming a tiny, almost invisible dewdrop
Swelling
And expanding
Finally dropping on to the paper
Blooming in the shape of a flower

A red, red flower
My flower that even I never saw before
A flower, unique in the world

Ah, I feel I hear
The faint flapping of butterfly wings
A butterfly just born somewhere
To come flying towards my flower

なのはなと　ちょうちょう

なのはな
なのはな
ちょうちょうに
なあれ

ちょうちょう
ちょうちょう
なのはなに
なあれ

Mustard Flower and Butterfly

Mustard flower
Mustard flower
Try
Be a Butterfly

Butterfly
Butterfly
Try
Be a mustard flower

貝のふえ

ひろった　貝で
つくった　ふえ
風に　ほろろ
空に　ちろろ
空の　遠くは
青い　海
海の　あの日の
うたを　うたう
ほー　ろろろ
ちー　ろろろ

Shell Horn

A horn of a shell
I picked once by the sea
Sounds in the wind—*ho lo lo*
Sound to the sky—*chi lo lo*
Far over the sky
Is the blue sea
The horn sings a song
Of the sea memory
Hō, lo lo lo
Chī, lo lo lo

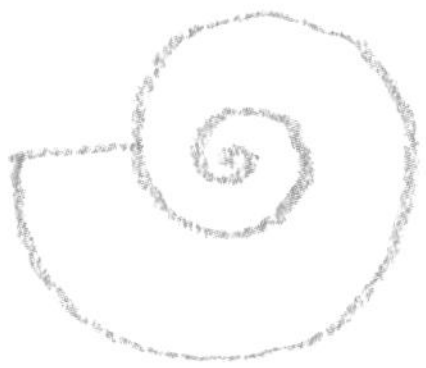

一ばん星

広い　広い　空の　なか
一ばん星は　どこかしら

一ばん星は　もう　とうに
あたしを　見つけて　まってるのに

一ばん星の　まつげは　もう
あたしの　ほほに　さわるのに

広い　広い　空の　なか
一ばん星は　どこかしら

First Star

Where are you, first star
In the wide, wide sky?

I know you've already found me
You're just waiting for me to find you

Now I feel your lashes
Softly touching my cheek

Where are you, first star
In the wide, wide sky?

つきのひかり

つきの　ひかりの　なかで
つきの　ひかりに　さわれています
おふろあがりの
あたしの　きれいな手が

うちゅうの
こんなに　ちかい　ところに
さわるようにして

うちゅうの
あんなに　とおい　ところに　さわる
みえない　おおきな手に
あわせるようにして

つきの　ひかりの　なかで
つきの　ひかりに　さわれています
つきの　ひかりに　さわられながら

Moonlight

Bathed in the moonlight
See? I, too, am touching it
My clean hands
Fresh from the bath

It's just in the way
I touched
The nearest "here" in the universe

But then my hand is in accord
With the great hand of Somebody unseen
That touches
The farthest "there" in the universe

Bathed in the moonlight
Touched by it softly
See? I, too, am touching it

ちいさな ゆき

ちいさな　ゆきが
ちらりん　ひとつ
ひとさしゆびに　おりてきた
ひとさしゆびの　ゆびさきに
てんの　つかいのように　して

ちいさな　ゆきが
ちらりん　ひとつ
ひとさしゆびで　きえちゃった
ひとさしゆびの　ゆびさきで
てんの　ようじは　いわないで

A Small Flake of Snow

A small flake of snow
Came floating down
Onto my forefinger
Onto its tip
Heaven's messenger as it were

A small flake of snow
Arrived floating
Melted on my forefinger
Melted on its tip
Before telling me heaven's message

よるの みち

つかれた　みちを
つきが　ねかせています
おかあさんのように
そばに　よりそって
きよらかな　しろい
ひかりの　てで
ねんね　ねんね　ねんねと

ひるま　みちが　とおした
なんぜん　なんまんの
ひとや　くるまは　いま
どこで　どんな　ゆめを
みているのでしょう

Night Road

The moon
Is nursing
The tired road
The moon like a mother
Lies along the road
And with its pure white
Hand of light
Tenderly lulls—hush-a-bye, hush-a-bye

Where are they now
Those men and those cars
The hundreds and thousands and many more?
What dreams are they dreaming
Those who passed down this road in the day?

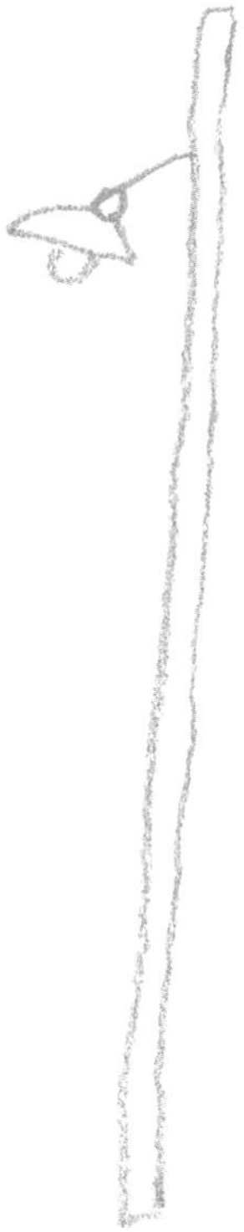

いねかり

いねかり　ゆうやけ
いなごが　とんだ
こんど　とんだら
かえろうね　かあさん

いねかり　ゆうやけ
でんしゃが　いった
こんど　いったら
かえろうね　とうさん

Rice Reaping

Reaping rice; the sunset sky
Ah, the grasshopper!
When another one jumps
Can we go home, Mummy?

Reaping rice; the sunset sky
Ah, the train!
When another one comes
Can we go home, Daddy?

生まれて来た時

あるいてもあるいても日向《ひなた》だったの。
海鳴《うみなり》がしているようだったの。

道の両側から、
山のてっぺんから、
日の丸が見送っていたの。

お船が待ってるような気がして、
足がひとりで急いじゃったの。

ホホケタンポポは指の先から、
フルン　フルン　飛んでいって
もうお母さまには茎《くき》だけしかあげられないと思ったの。

いそいでもいそいでも日向だったの。

——ね、お母さま。
僕《ぼく》、あの時生まれて来たんでしょう。

When I Was Born

I walked on and on—strange, always in the sun
I think I heard somewhere the rumbling of the sea

Tens of thousands of flags were sending me off
From both sides of the street
And from the hilltop, too

I know my feet went quicker and quicker
I know a ship was awaiting me

From my finger tips
Dandelion down kept flying away
I thought it would only be the stem
That I could give to Mummy

I hurried on and on—strange, always in the sun

Wasn't it then, Mummy
That I was born?

まどさんと皇后さま

島　多代
日本国際児童図書評議会理事
絵本資料室「ミュゼ・イマジネール」主宰

まど・みちおさんは、地球上のあらゆる存在に平等に敬意を払ってきた詩人です。それは、おそらく彼が五歳のときに、理由がわからずに家族から離され、祖父のもとにひとり残されたことと関係があるでしょう。ひとりでいる幼年時代のまどさんは、自分が生きているまわりの世界をひたすら見つめ始めたのではないでしょうか。もしかすると、大空の星も、地を這う蟻も、自分とは違う、しかし、同じ存在価値を持つものと自然に思えたのではないでしょうか。

今から二十年ほど前、日本からの国際アンデルセン賞作家賞候補としてのまどさんの応募が決まり、平成が始まって間もない多忙を極めた日々を送られている皇后さまに、その翻訳をお願いしました。それは、以前から新美南吉などの詩訳を真剣に手がけられていたことを知っていたこと、また、日本ペンクラブの英文機関誌にのっていた永瀬清子の詩「あけがたにくる人よ」の英訳を読んでいたからでもありました。

お送りした五、六冊のまどさんの単行本の詩を読み始められた皇后さまは、その中からご自分が訳してみようと思われる詩を少しずつ取り分けていかれたようです。激しい公務の合間にも可能な限り丹念に読み継いでいかれたまどさんの詩に、皇后さまは共感のようなものを感じられたのでしょうか。この世にあるもっとも小さなものたちや、さまざまな存在の有りように対等の価値を見出すまどさんの詩の英訳は、無理のないごく自然な口調で語られていきました。

数年が経ち、まどさんの詩八十篇は、皇后さまの訳された八十篇の英詩と共に四冊の小冊子に分けられ、世界のアンデルセン賞審査員に送られました。そして一九九四年の春、まどさんの受賞が決まりました。そのときの皇后さまの手作りの小冊子をもとに、一九九〇年代には『The Animals　どうぶつたち』と『The Magic Pocket　ふしぎなポケット』の二冊がそれぞれ日米で同時出版されました。

このたび『Rainbow　にじ』と『Eraser　けしゴム』を、前の二冊に加えて出版するにあたり、皇后さまはあらためて訳文を丁寧に見直されました。皇后さまがまどさんの詩のことばやリズムを英文に置き換えられる作業は、二十年前も今も変わらず、ことばを介した詩人たちの不思議な共有空間でなされたと思います。なお『けしゴム』は、当初『As They Are（あるがままに)』というタイトルで編まれた小冊子を改題しました。

この二冊の詩集を通して、読者のみなさまが、そこに在るものを見つめる詩人たちの深いまなざしを感じてくださることを願ってやみません。

■にじ　作品一覧（発表年は「まど・みちお全詩集」を参考としました）

題	発表年	収録詩集
にじ	1973	「まめつぶうた」（理論社 1973 刊）
ことり	1963	「ぞうさん まど・みちお子どもの歌100曲集」（フレーベル館 1963 刊）
さくらの はなびら	1978	「いいけしき」（理論社 1981 刊）
あめ	1958	「ぞうさん」（国土社 1975 刊）
はっぱと りんかく	1981	「いいけしき」
うたを うたうとき	1972	「まめつぶうた」
エノコログサ	1981	「いいけしき」
橋	1973	「物のうた」（銀河社 1974 刊）
リンゴ	1972	「まめつぶうた」
き	1978	「まど・みちお全詩集」（理論社 1992 刊）
ぼくの花	1968	「てんぷらぴりぴり」（大日本図書 1968 刊）
なのはなと ちょうちょう	1972	「ぞうさん」
貝のふえ	1968	「てんぷらぴりぴり」
一ばん星	1968	「てんぷらぴりぴり」
つきのひかり	1973	「まめつぶうた」
ちいさな　ゆき	1966	「ぞうさん」
よるの　みち	1968	「まど・みちお全詩集」
いねかり	1961	「ごはんをもぐもぐ おかあさんと子どものための歌曲集」（フレーベル館 1963 刊）
生まれて来た時	1937	「地球の用事」（JULA出版 1990 刊）

本書収録作品は「伊藤英治編　まど・みちお全詩集」の初版（1992年9月理論社刊）を底本としています。英訳も同書を元になされました。

Rainbow　にじ

平成25年 6 月15日　第1刷発行
令和 元 年12月10日　第5刷発行

著者　まど・みちお（詩）
美智子《みちこ》（選・訳）

発行者　大川繁樹
発行所　株式会社文藝春秋
〒102-8008　東京都千代田区紀尾井町 3-23
電話　03-3265-1211（代表）

印刷・製本　図書印刷

企画・編集　ミュゼ・イマジネール
編集協力　リン・リッグス／市河紀子

ISBN 978-4-16-382200-6
Printed in Japan